MEIN MANN

......UND ANDERE DESASTER

Ilka Köberich

MEIN MANN
......UND ANDERE DESASTER

Bibliografische Information der Deutschen Nationalbibliothek

Die Deutsche Nationalbibliothek verzeichnet diese
Publikation in der Deutschen Nationalbibliografie; detaillierte
bibliografische Daten sind im Internet über http://dnb.dnb.de
abrufbar.

Herstellung und Verlag:

BoD-Books on Demand, Norderstedt

ISBN: 9783748116738

Betonen möchte ich, dass es sich bei den Geschichten in diesem Büchlein wirklich um wahre Begebenheiten handelt.

Der größte Dank gebührt meinem Mann, der mir, wie Sie lesen werden, die meisten Vorlagen geliefert hat.

Also wünsche ich viel Spaß beim Lesen und vergessen Sie das Schmunzeln nicht.

Auf den folgenden Seiten werden Sie zunächst meinen Mann in den verschiedensten Alltagssituationen kennenlernen.

Mein Mann.......

.....beim Training

Mein Mann hat abgenommen. Das ist auch daran zu merken, dass er des Öfteren gaaaanz unauffällig sein T-Shirt liftet, um sich auf den nun flachen Bauch zu klopfen. Gaaaanz unauffällig wird dann auch auf meinen bewundernden Blick gewartet. Aber, das muss ich gestehen, er tut auch etwas dafür. Sonntags wird walkend die Zeitung von der Tankstelle geholt und im Wohnzimmer haben wir ein Ergometer, ich nenne es Trimmfahrrad, stehen, das mein Mann jetzt mindestens zweimal die Woche benutzt. Nun ist es aber nicht so, dass man - also mein Mann - sich einfach aufs Fahrrad im Wohnzimmer setzt, nein, zunächst begibt man - also mein Mann - sich nach oben zum Kleiderschrank, um sich fahrradgerecht zu kleiden, wobei man das Treppensteigen auch als leichtes Aufwärmtraining betrachten kann. Die Ausstattung würde jedem Olympioniken gerecht werden. Selbst Fahrradhandschuhe benötigt ein richtiger Sportler. Allein Sonnenbrille und Fahrradregenjacke fehlen noch zur kompletten Ausstattung. Wundert mich, dass er die nicht auch noch ins heimische Wohnzimmer schleppt, schließlich könnte ja die Sonne durchs Fenster blenden oder es könnte tatsächlich mal durchregnen. Meine meist etwas belustigenden Blicke auf seine Kleidung wertet er regelmäßig als Bewunderung für seinen sportlichen Ehrgeiz. Zu der sportlichen Kleidung gehören natürlich auch die richtigen Schuhe. Im Wohnzimmer wird mit Klickpedalen gefahren, so wie sich das eben gehört. Dann erst setzt man sich aufs Fahrrad, um zunächst zu erläutern, bei welcher Wattzahl man wie viele Kilometer fahren möchte. Nun verstehe ich nicht viel vom professionellen Fahrradfahren und die Informationen sagen mir demnach nichts. Das stört aber nicht, Information ist Information. Im Verlauf des Trainings wird mein Fernsehprogramm dann regelmäßig mit dem Hinweis auf den jeweiligen Trainingsstand unterbrochen. Zu vorgerückter Trainingsstunde lassen die Bemerkungen aufgrund von langsam eintretender Luftnot dann ein bisschen nach, werden aber ersetzt durch kleine Stöhner, die sich zum Ende mehr und mehr häufen. Dabei kann man das Fernsehen aber ganz gut verstehen. Ist das Training dann beendet, steigt man nicht einfach so vom Rad, nein, während man noch drauf sitzt, werden Dehnübungen gemacht, wieder begleitet von Stöhnen. Aber wie gesagt, dabei kann man den Fernseher ganz gut verstehen. Vielleicht kann ich meinen Mann ja überzeugen, das Training so zu legen, dass pünktlich zu Beginn des Films schon die Stöhnphase eintritt. Ich muss ja zugeben, ein klein wenig neidisch bin ich schon auf seinen Gewichtsverlust. Und ich habe auch schon überlegt, ob ich nicht ein bisschen Fahrradtraining machen sollte. Aber dazu benötige ich die richtige Ausstattung, die allein schon ein Vermögen kosten würde. Und das wäre ärgerlich, denn durch das Training würde ich ja soviel abnehmen, dass die Kleidung nicht mehr passt.

Also rausgeschmissenes Geld. Selbstlos verzichte ich also auf das Fahrradfahren und das damit verbundene Abnehmen, um den Spielfilm genüsslich und ohne schlechtes Gewissen vom Fernsehsessel aus zu genießen.

.....und sein Geschirrspüler

Mein Mann ist ordentlich, zumindest was das Einräumen des Geschirrspülers betrifft. Ich persönlich halte ja Ordnung bei anderen Sachen für wichtiger, aber so ist er eben. Ein Geschirrspüler muss mit System gepackt werden, und es ärgert meinen Mann maßlos, dass ich das System nicht verstehe, nicht verstehen will, wie er behauptet. Es ist schon soweit, dass, wenn ich den Geschirrspüler gepackt habe, er die Anordnung der einzelnen Teile kontrolliert und verbessert. Dazu werden auch schon mal die gerade eingeräumten Teile wieder ganz herausgenommen, um sie dann systematisch neu zu ordnen. Neulich war mein Mann ein paar Wochen zu Kur, und ich musste zu Hause alles allein erledigen. Auch den Geschirrspüler bestücken. Ich gebe ja zu, dass ich mir wirklich nicht viel Mühe mit dem Packen gebe. Es wird so wie es kommt, alles irgendwie herein gestellt. Da war schon mal der Kochtopf einfach über die Gläser gestülpt und die Teller standen eng und auch schon mal schief beieinander. Hauptsache ist doch, dass alles herein passt, um den zusätzlichen Abwasch zu sparen. Und trotzdem die kleinen Teller, die eigentlich nach oben gehören, unten eingeordnet waren, ist doch tatsächlich auch immer alles sauber geworden. Seitdem mein Mann wieder da ist, wird natürlich wieder mit System eingeräumt, was für mich jetzt aber einen entscheidenden Vorteil bedeutet. Ich habe nämlich gelernt, dass es gut ist, nach dem Essen regelmäßig zu fragen, ob ich den Geschirrspüler einräumen soll. Und regelmäßig antwortet mein Mann:" Nein, lass man, das mache ich, und dann gleich richtig." Ich finde es ja auch viel schöner, den Abend gemütlich im Fernsehsessel zu verbringen als vor der Geschirrspülmaschine. Ausräumen kann ich ja morgen.

.....beim Terrassenbau

Es ist wieder soweit. Einige Jahre bin ich verschont geblieben, und jetzt muss die Terrasse erneuert werden. Vor einigen Jahren haben wir nämlich gebaut und ich habe die Bauphase in Bezug auf die Arbeit in nicht gerade befriedigender Erinnerung. Meine Aufgabe bestand nämlich hauptsächlich darin, Brötchen für sämtliche Helfer zu schmieren und meinen Mann bei seiner Arbeit zu unterstützen. Das sah dann ungefähr so aus, dass mein Mann knieend oder auf der Leiter stehend mir, die ich stets an seiner Seite sein musste, meine Aufgaben zuteilte: Gibst Du mir mal den Hammer, holst du mir mal die Schrauben, jetzt brauche ich den Schrauber usw. Das war nicht gerade zufriedenstellend, denn während andere mit ihrer Hände Arbeit sichtbare Werke erschufen, sah ich nur meinen Mann von oben (wenn er kniete) oder entsprechend von unten (wenn er auf der Leiter stand) und wartete auf seine Anweisungen. Meine wichtigste Aufgabe war jedoch das Helfen beim Zusägen von Holz. Das Holz wird dabei auf einen Holzbock gelegt und muss vor dem Sägen natürlich vermessen werden. Das macht man, das leuchtet mir auch ein, am besten zu zweit. Und dann kommt es. Der Zollstock muss natürlich am Anfang dicht mit dem Holz übereinstimmen. Das war meine Aufgabe, und das wichtige dabei ist, dem anderen, also meinem Mann mitzuteilen, dass es korrekt angelegt ist. Das geschieht, indem man „ Null " sagt. Einfach null. Das wird auf dem Bau so gemacht und mir ist die Wichtigkeit dieser Aufgabe, die ja auch absolutes Vertrauen voraus setzt, bewusst. Aber richtig zufrieden gestellt hat sie mich trotzdem nicht. Und jetzt geht es wieder los. Holzterrasse! Man kann nur erahnen, wie oft ich da das Wort „Null" in den Mund nehmen muss.

.....beim Einkaufen

Mein Mann geht für sein Leben gern Einkaufen. Aber so ein Einkauf muss natürlich auch vorbereitet sein. Dafür werden zunächst sämtliche Küchenschränke inspiziert und aufgeschrieben, was fehlt. Da mein Mann fast täglich einkauft, kann meist nicht viel fehlen. Besonders beliebt sind jedoch die Haushaltsrollen. Diese werden im Hauswirtschaftsraum gelagert, so dass man den Bestand nicht immer unter Kontrolle hat. So wird nun, wenn der fast tägliche Einkauf bevorsteht, auch fast täglich kontrolliert, ob eine Rolle fehlt, um dieses dann auf dem Zettel notieren zu können. Aber das gehört halt zum Ritual. Dann wird beschlossen, was es zu essen geben soll. Die fehlenden Zutaten werden aufgeschrieben. Selbst wenn nur zwei Sachen einzukaufen sind, werden diese akribisch auf einem Zettel notiert, der dann im Brillenetui verstaut wird. So kann mein Mann den Einkaufszettel nicht übersehen, denn zum Lesen desselben benötigt er ja die Brille. Trotz des Einkaufszettels wird regelmäßig mehr eingekauft, als auf dem Zettel steht. Weil mein Mann mich liebt, gibt es auch mal eine Extrawurst für mich, also eine Wurst extra für mich, weil er die nicht mag. Ganz ehrlich, es freut mich dann auch, dass er daran denkt, wie gerne ich ab und zu diese Wurst esse. Jetzt gibt es aber ein Problem. Ca. 2 Wochen später ist die Wurst alle. Natürlich steht wieder der fast tägliche Einkauf an. Mein Mann kommt stolz nach Hause und präsentiert sein Einkäufe. Alles dabei, was aufgeschrieben war, und **die Wurst**. Sie müssen sich nun vorstellen, ich habe gerade zwei Wochen mit immer der gleichen Wurst hinter mir, habe sie täglich gegessen, um sie nicht schlecht werden zu lassen, habe gerade den Rest vertilgt, da kommt mein Mann wieder mit dieser Wurst an. Ich weiß ja, er meint es gut mit mir, aber als ich ihn darauf hinweise, dass ich gerade zwei Wochen lang nur diese Wurst gegessen habe, bekomme ich zur Antwort: „Aber die hast du doch so gern gegessen, und da hab ich gedacht, ich bringe sie dir nochmal mit." Da ich nun wirklich nicht bereit bin, nochmal 14 Tage dieselbe Wurst zu essen, wird sie eingefroren, aber viel passt jetzt wirklich nicht mehr in die Truhe.

.....beim Kochen

Mein Mann kocht gerne. Einerseits ist das ganz praktisch, weil ich mich dann nicht darum kümmern muss, andererseits kocht er dann auch meistens das, was er am liebsten mag. Aber ich will mich nicht beschweren. Genau wie beim Sport gehört auch zum Kochen die richtige Ausrüstung. Wir haben mindestens 5 Kochschürzen im Schrank, aber im Gegensatz zur üppigen Sportausstattung genügt beim Kochen ein Geschirrhandtuch. Das klemmt man sich in den Hosenbund und nach jedem erfolgreichen Kochschritt wird es wie ein Siegeskranz über die Schultern geworfen. Wozu das Handtuch eigentlich dient, ist mir bis heute ein Rätsel. Haben sich meine Nichten zu Besuch angesagt, wird auf die Frage, was sie essen wollen, immer, und zwar wirklich immer geantwortet: Pizza. Das ist ja nun wirklich kein absolut besonderes Gericht, aber anscheinend schmeckt sie bei uns immer besser als zu Hause, und natürlich ist es, weil mein Mann sie macht. Sind dann alle beisammen, beginnt so etwas wie ein feierliches Zeremoniell. Die jüngere Nichte ist fürs Tischdecken zuständig. Mein Mann und die ältere Nichte kümmern sich um die Pizza. Nun ist ja eigentlich nichts dabei, den Fertigteig mit den Zutaten zu belegen. Aber trotzdem wird es bewundert, als wenn ein Meisterkoch wirkt. Als erstes wird natürlich das Handtuch in den Hosenbund gesteckt. Dann erst kann es richtig losgehen. Die Rolle Pizzateig wird lautstark aufgeschlagen und dann der Teig mit Akribie auf den zwei Blechen verteilt. Das obliegt allein dem Meister, also meinem Mann. Nach jedem Blech natürlich der Handtuchschlag über die Schulter. Als meine Nichte noch kleiner war, diente sie lediglich als Handlanger. Ein bisschen älter geworden, durfte sie schon mal die Ananas auf der von Meisterhand mit Thunfisch belegten Pizza verteilen. Was auch nicht immer klappte, denn lagen zwei Stücke zu nah beieinander, musste dies natürlich sofort korrigiert werden. Mittlerweile ist sie aufgestiegen, und darf ab und zu sogar die verantwortungsvolle Aufgabe übernehmen, den Thunfisch auf dem Blech zu verteilen. Vielleicht, irgendwann einmal darf sie bestimmt sogar den Käse darüber streuen, aber soweit ist es noch lange nicht. Ist die Pizza fertig gebacken wird sie mit einem Elektromesser gerecht geteilt. Ein einfaches Messer genügt nicht, es muss schon der ohrenbetäubende Lärm des Elektromessers auf dem Backblech zu hören sein. Das gehört zur Tradition dazu. Stolz wird dann die fertige Pizza serviert und das schönste Kompliment, das mein Mann jemals bekommen hat, war das meiner damals 3-jährigen Nichte: Torsten ist der beste Kocher der Welt.

…..und Fisch einlegen

Dass auch dem besten „Kocher der Welt" einmal ein Missgeschick passieren kann, mag man kaum glauben. Auch ich hätte es nie gedacht. Mein Mann hat früher gern geangelt. Aufgewachsen an der Ostsee liebe ich den Salzwasserfisch, Fische aus dem Süßwasser, die mein Mann angeln wollte, waren mir bis dato nicht bekannt. Zunächst war auch die Ausbeute nie sehr groß, so dass dann unser Kater von den ein bis zwei Fischen profitierte, die mein Mann nach Hause brachte. Aber eines Tages schlug das Anglerglück zu und mein Mann servierte Stolz eine für eine Mahlzeit angemessene Menge an Fisch. Nun musste er selbst aber für die nächsten Tage auswärts zu einem Lehrgang. Also blieb, die Fische einzulegen, so dass ich für die nächsten Tage zu essen hatte. Das kannte ich von zu Hause. Lecker mit Bratkartoffeln, ein tolles Gericht. Nun war es schon ziemlich spät abends, ich ging ins Bett und bewunderte meinen Mann, dass er sich um diese späte Uhrzeit noch daran machen wollte, den Fisch einzulegen. Das Rezept für die Marinade hatten wir bei meiner Mutter erfragt. Mit Vorfreude auf den leckeren Fisch mit Bratkartoffeln in zwei Tagen (der Fisch muss ja auch ziehen), schlief ich ein. Am nächsten Tag kochte ich Kartoffeln vor, immer den bevorstehenden Genuss vor Augen. Mein Mann hatte auch gut durchgelüftet, es roch nicht mal unangenehm nach Fisch. Es war dann soweit. Ich briet die Bratkartoffeln und setzte mich zum Essen. Mir lief das Wasser im Mund zusammen. Doch das änderte sich beim ersten Bissen. Der Fisch war weich und schmeckte, ich will es mal nett ausdrücken, ungewöhnlich. Na ja, ich war ja nun eigentlich eingelegten Hering gewohnt. Vielleicht lag es daran, denn dies war ja ein Süßwasserfisch. Noch ein Bissen und schnell die leckeren Bratkartoffeln hinterher, damit man den Fisch nicht so schmeckt. Noch ein paar Bissen, ich konnte den Fisch doch nicht verschmähen. Schließlich hatte mein Mann sich spätabends noch soviel Mühe gemacht, eine „leckere" Mahlzeit für mich zu bereiten. Doch dann ging wirklich nichts mehr runter, ein bisschen übel war mir mittlerweile auch schon geworden. Ich genoss nur noch die Bratkartoffeln, den Rest des Fisches warf ich schweren Herzens weg. Als am nächsten Tag mein Mann nach Hause kam, fragte er natürlich, wie es geschmeckt hätte. Ich erwiderte nur, dass er vielleicht den Fisch hätte ein bisschen länger anbraten sollen. Seine Antwort: „Wieso anbraten?"

.....beim Gärtnern

Mein Mann hat sich nie fürs Gärtnern interessiert. Das hat sich jetzt geändert. Als begeisterter Handwerker hatte er zwei Jahre an einem Hochbeet gebaut. Diese Arbeit sollte nun, im wahrsten Sinne des Wortes auch Früchte tragen.

Entgegen der Anweisungen auf den Samenpäckchen und trotz der Warnungen unsere Nachbarin, einer begeisterten und erfahrenen Hobbygärtnerin, säte mein ungeduldiger Mann die Samen viel zu früh bereits Mitte März aus (die Radieschensamen trugen mir zu Ehren sogar meinen Vornamen, jedenfalls stand der auf der Packung) und freute sich diebisch, als die ersten Pflänzchen zu sprießen begannen. Täglich wurde ich von da an über den jeweiligen Wachstumsschub unterrichtet, später kamen Neuigkeiten über Anzahl der Blätter und noch später über Anzahl der Blüten bei Erdbeeren und Tomaten hinzu. Auch Besuchern wurde selbstverständlich voller Stolz das neue Hochbeet präsentiert, und mit Vorträgen über Aussattermine und Wachstum untermalt.

Den staunenden Zuschauern wurden jedoch nicht nur die oberirdischen Fortschritte bei den Radieschen und Mohrrüben gezeigt. Ich sehe meine Mutter noch mit offenem Mund da stehen, wie sie zusah, als mein Mann eine Radieschenpflanze herauszog, die Frucht noch nicht für gut befand, um sie daraufhin wieder zurück in die Erde zu setzen.

Trotz der frühen Aussaat und guten Betreuung (bei etwas stärkerem Regen wurden die Pflanzen sogar zugedeckt) ließ die Ernte auf sich warten. Ich schob das auf das ewige Herauszupfen und Zurückstopfen, aber anscheinend hatten die Ausflüge an die frische Luft einigen Früchten während der Reifezeit gut getan. Denn als mein Mann das erste Radieschen hereinbrachte, staunte ich nicht schlecht. Das Radieschen hatte, ja ich würde sagen, die ungefähre Größe einer Tomate. Dass es aufgrund dieser Ausmaße leicht holzig schmeckte, tat der Begeisterung des stolzen Gärtners über seine erste Ernte keinen Abbruch.

Mittlerweile sind auch die Bohnen reif, und eine Portion erhielt voller Stolz und ein kleines bisschen Häme unsere Nachbarin, die trotz ihrer Erfahrung und Beachtung der richtigen Aussaattermine keine Bohnenernte zu verzeichnen hat. Entgegen der Behauptungen meines Mannes liegt das aber daran, dass Schnecken und Vögel sich daran gütlich getan haben.

…..und seine Männergruppe

Regelmäßig trifft sich mein Mann mit seiner „Männergruppe". Die nennt sich „Gelegenheitslyrik in der Doppelgarage" und soll angeblich sogar therapeutisch wertvoll sein. Es darf wohl auch mal gelacht werden, aber - auch angeblich - legt man ansonsten Wert auf ernste, tiefsinnige Gespräche.

Äh, nun mal ehrlich : 5 Männer (von denen keiner Reich-Ratnizki oder Karrasek heißt) in einer Doppelgarage um einen Stammtisch herum sitzend und dann ernste und tiefsinnige Gespräche??????

Nichtsdestotrotz sind banale Phrasen nicht erwünscht. Ich unterstelle mal, es ist wohl eher eine Ausrede, um die Phrasenkasse aufzufüllen. Denn jeder als Phrase befundene Spruch wird mit einem Ordnungsgeld geahndet. Nun muss das Geld ja irgendwo gelagert werden. Und deshalb ist die Männergruppe besonders stolz, eigenständig aus den zahlreich vorhandenen Flohmarktartikeln eine spezielle Spardose ergattert zu haben. Es handelt sich dabei um einen hölzernen, bunt schillernden **Tukan**.

Der stand nun mittlerweile gut gefüllt im Regal in der Doppelgarage. Doch eines Tages passierte es. Eine Phrase wurde gedroschen, der Schuldige sollte zahlen. Aber wo war der Tukan? Nirgends aufzufinden. Gestohlen?

Doch dann erinnerte sich der Hausherr, dass ihm letztens beim Nachhause kommen etwas anders als sonst vorgekommen war. Nun muss man dazu sagen, dass die Hausherrin ihren Garten und ganz besonders die darin drapierten Ziergegenstände, die regelmäßig aufgefüllt werden, sehr liebt. Den Männern schwante etwas. Panisch lief die gesamte Männergruppe hinaus in den Garten und siehe da: inmitten der üppigen Dekoration stand stolz der hölzerne, bunt schillernde Tukan, mit reichlich 5-Euro-Scheinen in seinem Bauch.

Nun muss man zugeben, wahrscheinlich war es der sicherste Platz auf dem gesamten Grundstück, denn wer erwartet schon bei einem in einem Garten als Deko aufgestellten, hölzernen, bunt schillernden Tukan eine Menge Bargeld.

Diejenigen, die jetzt in jedem Garten nach einem hölzernen, bunt schillernden Tukan suchen, muss ich jedoch enttäuschen. Der steht jetzt wieder wohlbehütet in seinem Regal in der Doppelgarage.

Und die Gattin wurde entsprechend aufgeklärt.

..und der Abfluss

Mein Mann ist ja eigentlich ein begnadeter Handwerker, allein das Talent für Sanitärarbeiten fehlt ihm. Deshalb besteht auch eine gewisse Scheu, sich an Arbeiten in diesem Bereich heranzutrauen. Nun verstopfte allerdings im Sommer 2017 das Abflussrohr unter der Spüle in der Küche. Gleichzeitig gab auch die Geschirrspülmaschine, schlau wie sie ist, bekannt, unter diesen Umständen, weil sie das Wasser nicht abpumpen konnte, einfach nicht funktionieren zu wollen. Man kann sie ja verstehen, irgendwann muss so ein Wasser ja auch raus.

Von meiner Seite mit großer Freude beobachtet, machte mein Mann sich zügig an die Beseitigung der Verstopfung. Die Rohre wurden auseinandergebaut und gereinigt. Doch jetzt folgte das eigentliche Problem. Sie mussten ja auch wieder zusammengebaut werden. Und das funktionierte nicht so wie gedacht, besser ausgedrückt, es funktionierte überhaupt nicht. Irgendwas mit Luft, Gefälle und so lief das Wasser auch weiterhin nicht ab.

Das bedeutet nun folgendes: Der Geschirrspüler sträubte sich weiterhin, seine Arbeit zu tun, also musste der Abwasch - bis zum Wochenende, da wolle er den Abfluss reparieren, wie mein Mann versprach - per Hand erledigt werden. Da jedoch kein Wasser direkt in die Spüle laufen durfte, musste also zunächst eine Abwaschschüssel organisiert werden. Diese wurde, weil wir beim Hausbau keinen Platz für eine Abwaschschüssel in der Küche eingeplant hatten, zunächst auf dem oberen Küchenhängeschrank deponiert. Da das doch sehr hoch war, wurde eine Würstchenzange zum Abwaschschüssel -herunterplumps und -hinaufschubswerkzeug umfunktioniert. Plumps, weil man beim Herunterholen aufpassen musste, dass sie einem nicht auf den Kopf plumpste, schubs deshalb, weil sie beim Heraufstellen noch einen endgültigen Schubs brauchte, um dort sicher auf dem Schrank zu landen. Nach dem erfolgten Abwasch konnte das Wasser ja nicht in der Spüle entsorgt werden, also trug man die Schüssel mit dem schwappenden Wasser zum Gästebad, um es dort im WC zu entsorgen.

Aber für die gewisse Zeit bis zum Wochenende ließ sich das ganze ertragen. Nur leider hatte mein Mann nicht erwähnt, an welchem Wochenende er die Reparaturarbeiten ausführen wollte. Und so verging ein Wochenende nach dem anderen, und die Abwaschschüssel war immer noch auf dem Schrank zu bewundern. Aber dann nahte der Urlaub, und damit die Reparatur in greifbare Nähe, wie mein Mann versprach. Nur, in diesem Falle leider war das Wetter den ganzen Urlaub über so gut, dass man es „ausnutzen müsse, um den Garten winterfest zu machen". Das Abflussproblem könne man ja auch später an einem Wochenende erledigen, wenn das Wetter schlechter sei. Das kam mir irgendwie bekannt vor, aber meine anfängliche Ungeduld hatte sich mittlerweile schon in eine gewisse Ergebenheit gewandelt. Außerdem konnte man das Abwaschen gut zum Nachdenken nutzen, z.B. darüber, dass es früher auch keine Geschirrspüler gab, und unsere Ahnen dies trotzdem überlebt haben, wir also ganz schön verwöhnt sind usw. usw. Zeit zum Denken hatte man ja genug. Auch hatte der Handabwasch den Vorteil, dass alles gleich sauber weggestellt war und man das „Geschirrspülerausräumen" nicht noch vor sich hatte. Auch das Wasserwegtragen und die Toilette kippen wurde langsam zum Ritual, und man lernte sogar dazu. Nämlich, dass es besser ist, erst den Deckel und die Brille beim WC hochzuklappen, und dann erst die Schüssel mit dem Abwaschwasser zu holen. Zwar ein zusätzlicher Weg, worauf es nun auch nicht mehr ankam, aber man verringerte dadurch die Gefahr, dass die während des Deckelhochklappens auf dem Waschbeckenrand abgestellte und nur mit einer Hand gesicherte mit schwappendem Wasser gefüllte Abwaschschüssel irgendwann entgleiten und sich im Bad ergießen könnte.

Der Urlaub war vorbei, das Wetter war inzwischen auch schlechter geworden. Das bedeutete aber, dass man an den Wochenenden zunächst die Werkstatt aufräumen musste, bevor es zu kalt wurde. Außerdem kam ja auch bald der Weihnachtsurlaub, der geradezu prädestiniert zum Abfluss reparieren wäre. Aber so ein Weihnachtsurlaub hat ja so viele Feiertage, da konnte man doch nicht.......

Das neue Jahr brach an und damit ganz viele Wochenenden. Jetzt sind ja aber gerade die Winterwochenenden hauptsächlich zum Ausruhen da. Meine schon von der Ergebenheit abgelöste anfängliche Ungeduld ging langsam in Resignation über. Vielleicht würden wir nie wieder einen funktionierenden Abfluss haben und eine neue Abwaschschüssel würden wir auch irgendwann brauchen. Vielleicht könnten wir dann den wertlos gewordenen Geschirrspüler entfernen und damit einen geeigneteren Platz für die Schüssel schaffen. Alles so Gedanken beim täglichen Abwasch. Bei Besuchen anderswo sah ich mich sogar neidisch zugucken, wenn Berge von Geschirr einfach so in einem Geschirrspüler verschwanden, und Wasser lief direkt in die Spüle, ohne dass jemand vor Schreck zusammenzuckte.

Das Frühjahr brach an, und damit die Aussicht auf den Osterurlaub. Jetzt musste aber der Garten für den Sommer vorbereitet werden, und die Reparatur wurde verschoben - auf ein Wochenende mit schlechtem Wetter nach dem Urlaub. Leider ergab es sich jetzt jedoch, dass man es von der ganzen Garten-für-den-Sommer-vorbereitungsarbeit im Urlaub im Rücken bekommen hatte. Und sich mit Rückenschmerzen unter die Spüle legen zu müssen, nein, da hat ja jeder Verständnis für. Und ärgerlicherweise hielten die Rückenschmerzen gerade an den Wochenenden den ganzen Sommer über an.

Der Sommerurlaub war fast vorbei, da kündigte mein Mann an:"Morgen versuch ich, den Abfluss zu reparieren". So nah war das Ziel noch nie gewesen. Also bereitete ich mich innerlich auf den nächsten Tag vor. Alles, was geplant war, verschieben, denn sicher musste ich stundenlang neben meinem auf dem Rücken unter der Spüle liegenden Mann stehen, um ihm das jeweils benötigte Werkzeug zu reichen, und die an die Rohre gerichteten Schimpftiraden anhören, die nicht so wollten wie er.

Fast ein bisschen wehmütig machte ich am letzten Abend vor dem großen Tag ein letztes Mal an das Abwaschritual. Würstchenzange - Schüssel herunterplumpsen lassen - Abwaschen - ins Bad laufen - Deckel hochklappen - zurück in die Küche - Abwaschschüssel mit schwappendem Wasser holen - ins Bad tragen - Schüssel vorsichtig ins WC kippen - Schüssel in Küche zurücktragen - aber halt, sollte ich sie jetzt wirklich nochmal auf den Schrank schubsen? Na ja, sicherheitshalber, falls die Reparatur doch nicht klappt, also auch das Schubsen - vielleicht ein letztes Mal.

Der nächste Morgen brach an. Ich wurde langsam nervös, als mein Mann erst einmal ganz in Ruhe ausgiebig frühstückte. Schließlich hatten wir den Tag doch für die Reparatur eingeplant und konnten keine Zeit verschwenden. Dann kündigte er auch noch an, er wolle, bevor es regnet, erst einmal draußen aufräumen. Wie wollte er die Reparatur schaffen, wenn er erst nach dem Mittag anfing. Glücklicherweise hatte der Regen ein Einsehen und kam zur rechten Zeit. Zu meiner Überraschung machte mein Mann den Vorschlag, ich könne doch oben am Computer arbeiten, er würde sich um den Abfluss kümmern. Er wollte dies tatsächlich ohne meine Unterstützung angehen? Mir war es nur recht.

Von oben hörte ich dann, wie sich mein Mann zunächst in die Werkstatt begab, sicherlich, so hoffte ich, um Werkzeug zusammen zu sammeln. Und tatsächlich kam er nach einiger Zeit wieder herein, doch dann hörte ich - nichts. Kein Stöhnen (vom auf dem Rücken unter der Spüle liegen), keine scheppernde Zange, keine auf den Boden fallenden auseinandergebauten Rohre, und vor allem keine Schimpfwörtertiraden.

Das kam mir nun doch etwas komisch vor und vor meinem inneren Auge sah ich ihn am Küchentisch sitzen - bestimmt musste er nach dem Zusammensammeln des Werkzeugs erst einmal erschöpft Pause machen, um sich vor der bevorstehenden schweren Aufgabe zu sammeln.

Ein paar Minuten später wurde ich aus meinen Gedanken gerissen. Es ertönte ein: FERTIG. Was war fertig, ich hakte nach: „Der Abfluss", bestätigte mein Mann, „und er funktioniert einwandfrei". Ich konnte es kaum glauben: "Und dafür hast du nun über ein Jahr gebraucht?" „Nein", kam zurück, „fünf Minuten".

Es gibt aber auch Geschichten, in denen mein Mann nicht die Hauptrolle spielt. Folgende Episode ist in unserem Dorf Quisdorf geschehen und ich wusste mir keinen anderen Rat mehr als einen Artikel an die Zeitung zu senden in der Hoffnung, jemand könne helfen.

Auf der Suche nach dem Tuten

Bei uns tutet es. Nicht, dass Sie mich jetzt missverstehen, aber hier in Quisdorf hört man ein Tuten. Seit einigen Wochen ertönt es unregelmäßig für jeweils nur wenige Sekunden, auch nachts. Es klingt in etwa so wie ein Nebelhorn oder wie unsere Nachbarstochter beim Saxophon üben. Mittlerweile habe ich mich schon daran gewöhnt, aber ich möchte endlich wissen, woher es kommt. Ich begebe mich auf die Suche. Zunächst frage ich einen Bekannten, ob er das Tuten auch hört. Nachdem er mich mit so einem „Oh je, jetzt geht es los bei ihr" Blick bedacht hat, gesteht er mir, er hätte morgens in seinem Schlafzimmer auch schon mal Blinklichter gesehen. Das nützt mir nun herzlich wenig bei der Suche nach meinem Tuten. Also frage ich eine Nachbarin. Ja sie hätte auch schon mal etwas gehört, aber sie dachte, das wäre die Trocknung des Landwirts von nebenan. Also auch keine große Hilfe. Da ja nun in Quisdorf und Umgebung kein Leuchtturm zu erwarten ist, auch nicht unbedingt Schiffe verkehren und die Nachbarstochter nicht Tag und Nacht üben kann, bleibt mir nur eine Erklärung. Vielleicht will jemand mit dem Tuten Wildschweine von den Maisfeldern fernhalten. Ich rufe einen Landwirt an, der gleichzeitig Jäger ist. Nein, er habe bisher noch nichts gehört, aber es klingt ein bisschen so wie

„will die mich jetzt auf den Arm nehmen". Nach mehreren Erklärungen, ich wäre noch nicht durchgedreht, und ich würde ihn nur wegen meiner Vermutung mit den Wildschweinen anrufen, ist er ein bisschen beruhigt und verspricht sich umzuhören. Nun hoffe ich auf die Verschwiegenheit aller bisher Befragten, damit ich auch weiterhin aufrecht und ohne mitleidige Blicke auf mich zu ziehen durchs Dorf gehen kann. Dann eine Art Durchbruch. Geburtstagsfeier im Dorf, und just, als wir zusammensitzen, ertönt das Tuten. Unhöflich alle angeregten Gespräche unterbrechend frage ich die Gäste aufgeregt, ob sie das Tuten gehört hätten. Und tatsächlich kommt Bestätigung. Ja manchmal wäre es Ihnen auch schon aufgefallen, aber woher es kommt, wisse niemand. Wenigstens kann ich mittlerweile schon aufgetretene Selbstzweifel an der Existenz des Tutens erstmal zur Seite schieben. Als letzte Möglichkeit zur Ergründung der Herkunft sehe ich den Anruf bei der Gemeindeverwaltung. Vielleicht muss so ein Tuten ja genehmigt werden, dann können die mir sicher Auskunft geben. Die Angestellte am anderen Ende nimmt seelenruhig und ohne sich irgendwelche Zweifel anmerken zu lassen meine Daten auf, damit der Kollege zurückrufen kann. Trotzdem fühle ich mich verpflichtet zu versichern, wir in Quisdorf wären keine Spinner, und ich könne sogar mit Zeugen aufwarten.

Der Kollege ruft zurück. Wieder beginne ich mit der Erklärung, er solle bloß nicht denken, wir hier in Quisdorf seien jetzt alle plemplem, aber… . Leider muss auch er das Wissen nach einer Herkunft des Tutens verneinen, gibt aber zu, jetzt wo ich es erwähne, auch schon mal eine Tuten gehört zu haben. Einen Ratschlag gibt es aber noch. Ich solle dem Tuten doch einfach mal entgegenfahren. Gute Idee! Vermutlich würde es mich einen ganzen Jahresurlaub kosten, einem Tuten, das nur sekundenlang ertönt und wer weiß wie viele Kilometer entfernt ist, auf die Schliche zu kommen. Die Phasen, während der man auf der Straße auf das nächste Tuten wartet, könnte man allerdings zur Erholung nutzen. Bei den heutigen Benzinpreisen hilft mir dieser Rat aber nun nicht wirklich weiter, auch wenn ich jetzt zumindest mehrere Beipflichtungen für die Existenz des Tutens habe. Das beruhigt mich persönlich ja schon mal. Trotzdem würde ich gern eine Lösung finden.

Vielleicht weiß ja jemand von den Lesern, woher das Tuten kommt und was es zu bedeuten hat. Ansonsten rate ich nur allen, hören sie mal genau hin. Vielleicht tutet es dann auch bei Ihnen.

Tuten in Quisdorf - Die Lösung liegt so nah

In Quisdorf ist es ruhig geworden, um nicht zu sagen still. Denn - es tutet nicht mehr. Wie es dazu kam - hier mein Bericht:

Nach dem Erscheinen des Artikels gab es natürlich Rückmeldungen. Einige Nachbarn aus Quisdorf hatten das Tuten noch gar nicht gehört. Vielleicht haben sie nach dem Lesen der Geschichte sogar unruhige Tage und Nächte verbracht, nur um das ihnen noch unbekannte Tuten nicht zu verpassen. Andere hatten das Tuten auch in Eutin und Klingrade gehört, was mich im Nachhinein ein bisschen wundert.

Mit einem Nachbarn, der ein paar Häuser weit weg wohnt, ergab sich sogar eine verbitterte Diskussion darüber, woher denn nun das Tuten ertönt. Er behauptete steif und fest, es würde aus Richtung Eutin kommen, während ich und ein paar direkte Nachbarn es aus Richtung Majenfelde hörten. Mittlerweile weiß ich auch, warum es je nach Standort aus verschiedenen Richtungen tutete.

Vielen Dank auch an die nette Dame aus Hutzfeld, die mich vor dem Wahnsinn bewahren wollte. Sie erzählte mir am Telefon, sie hätte ein ähnliches Phänomen erlebt. Auch sie hätte eine Art Tuten gehört, das, wie sich irgendwann herausstellte, von einer Solarsonnenblume stammte, die zum Vertreiben von Maulwürfen diente. Das half mir aber bei der Suche nicht weiter, weil mein Tuten sich ja anhörte, als wenn es weit über die Felder zu uns herüberklang.

Vorenthalten möchte ich aber auch nicht ihre Geschichte von dem unheimlichen Verhalten ihres Fernseher, der sich zu allen möglichen Zeiten automatisch an- und ausschaltete. Nach einer längeren Zeit des Zweifelns an sich selbst, stellte sich heraus, dass die Nachbarn die gleiche Frequenz bei der Fernbedienung hatten wie sie. Immer wenn sie diese benutzten, schalteten sie auch den Fernseher der Dame mit und umgekehrt.

Eine gute Idee bezüglich des Tutens hatte die Dame noch. Das Tuten könne doch von dem neuen Funkturm in Brackrade stammen. Ein guter Tipp, da wollte ich mich nächste Woche drum kümmern.

Das hat sich aber nun erledigt, denn gestern gestand mir mein Mann schuldbewusst und rechtzeitig vor dem anstehenden Dorffest, dass er schon seit ein paar Tagen weiß, woher das Tuten kommt. Der Artikel war gerade veröffentlicht, da stand er abends mit dem Nachbarn von gegenüber vor dessen Haus, als das Tuten ertönte. Auf die Frage, ob der sich das Tuten erklären könnte, antwortete der Nachbar mit unschuldigem Blick und völlig arglos: „Ja, das ist meine Heizung". Nachdem mein Mann ihn aufgeklärt hatte, was er mit dem Tuten angerichtet hatte, sind die beiden laut Erzählung meines Gatten in herzhaftes Lachen verfallen. Ein bisschen auf meine Kosten, wie ich finde. Nun hatte nur keiner der beiden den Mut, mir die Herkunft des Tutens zu beichten, bis wohl meinen Mann gestern doch das schlechte Gewissen plagte. Na gut, ändern ließ sich sowieso nichts mehr, aber mich so schmoren zu lassen.

Die Heizung ist mittlerweile repariert, und ich muss zugeben, ein kleines bisschen fehlt mir der mittlerweile vertraute Ton „meines" Tutens schon. Trotzdem bin ich froh, dass die Herkunft geklärt ist. Manchmal liegt die Lösung ja so nah, nämlich nebenan.

Und sollten Sie jetzt immer noch ein Tuten hören, fragen Sie mal Ihren Nachbarn.

Alle Jahre wieder

Natürlich soll unser Haus in der Vorweihnachtszeit festlich beleuchtet sein. Aber dann bitte zu den Zeiten, die **ich** plane.

Alle Jahre wieder aber erfolgt die Beleuchtung der Lichterbögen willkürlich, mal mitten am Tag, mal wird man mitten in der Nacht durch einen plötzlichen Lichtblitz aus dem Schlaf gerissen. Und manchmal bleibt man völlig im Dunkeln stehen.

Dann geht es auf die Suche nach dem Warum. Aber ich kenne meinen Gegner. Es sind die digitalen Zeitschaltuhren. Die zu programmieren ist nämlich eine Wissenschaft für sich und deshalb meinen die, selbst bestimmen zu dürfen, wann sie an- und ausgehen.

Der Machtkampf beginnt.

Klar, weshalb ein Lichtbogen die ganze Zeit hindurch brennt. Als Anfangszeit ist 5.00 Uhr morgens programmiert und das jeden Tag. Ausgehen soll das Licht laut Eingabe aber **nur** am Freitag um 7.oo Uhr. Also macht die Uhr, was sie will und brennt bis Freitag durch. Einzige Chance: Umprogrammieren.

Doch kaum ist der erste Gegner erledigt, betritt der nächste das Schlachtfeld. Ein Lichtbogen wird niemals hell. Den kann ich nur besiegen, indem ich den Modus von „aus" auf „automatisch" stelle, was ich wohl vergessen hatte. Das war Erfolg auf ganzer Linie.

Wie auch bei dem Feind, der nur am Wochenende anspringt. Eben mal die anderen Wochentage eingeben und besiegt.

Die Schlacht scheint gewonnen, doch anscheinend hat sich ein Gegner erholt. Er schlägt am Montag mitten in der Nacht um 3.00 Uhr zurück und erhellt das Schlafzimmer. Wer hat denn ein drittes Programm eingegeben, es sollten doch nur zwei Leuchtzeiten sein.

Anfang des Jahres endlich ist der Gesamtsieg meiner. Alle Bögen leuchten zur gleichen Zeit und lassen uns nachts im Dunkeln schlafen.

Ein kurzer Triumph, denn jetzt ist es an der Zeit, die Lichterbögen und ihre Verbündeten, die Zeitschaltuhren, wieder im Schrank zu verstauen. Und die freuen sich sicherlich schon auf die nächste Adventszeit, wenn der Kampf aufs Neue beginnt.

Erklärungsnot

Am Telefon versuche ich mich, aus welchen unerfindlichen Gründen auch immer, vor einem mir fremden Anrufer dafür zu rechtfertigen, dass ich jetzt, um 8.45 Uhr am Samstag morgen, nicht bereit bin für einen spontanen Termin:

Weil unser Postbote mit seiner Frau auf einer Seereise war. Bei meiner Schwester hat es nämlich gebrannt. Deshalb ist mein Mann jetzt nach Kiel gefahren und nachher kommen alle zum Kaffee zu uns.

Wahrscheinlich denkt der Anrufer, ich sei völlig plemplem, dabei ist es so einfach:

Der Postbote ist mein Schwippschwager, also der Mann der Schwester des Mannes meiner Schwester. Dieser hatte mit seiner Frau, also der Schwester des Mannes meiner Schwester eine Seereise gemacht und meinen Schwager, also den Mann meiner Schwester, gebeten, sie aus Kiel abzuholen. Nun war kurz vorher bei meiner Schwester und ihrem Mann, also meinem Schwager, der Schuppen abgebrannt. Da noch viel mit Aufräumen zu tun war, hatte mein Mann sich bereit erklärt, unseren Postboten, also den Mann der Schwester des Mannes der Schwester seiner Frau, und dessen Frau, also die Schwester des

Mannes der Schwester seiner Frau, aus Kiel abzuholen. Ich wartete nun mit einer Tasse Kaffee auf die Ankunft des Mannes der Schwester des Mannes meiner Schwester, die Schwester des Mannes meiner Schwester und meinen Mann. Deshalb musste ich den spontanen Termin leider absagen.

Ich denke, den Anrufer hätte die Geschichte sowieso nicht wirklich interessiert, aber dass er jetzt denkt, ich hätte nicht alle Tassen im Schrank, macht mich ein bisschen nachdenklich.

Aber wenigstens wissen jetzt Sie Bescheid.

Arztbesuch

Einmal die Woche helfe ich einer alten Dame, 90 Jahre. Sie ist fast blind, sehr schwerhörig, kann nicht gehen und – ist schwierig. Richtig anstrengend der Job- laut reden, nichts Überflüssiges sagen, klar und deutlich sprechen, sie nicht beim Nachdenken stören. Und man muss wissen, Frau Bindner hat immer Recht.

Ich helfe ihr bei den Papieren, weil sie ja nicht lesen kann, mal einen Knopf annähen und jede Woche die Fernsehzeitung mit ihr durchgehen und ankreuzen, was sie sehen möchte. Eines Tages ist es nun so weit. Frau Bindner muss zum Arzt, zum Orthopäden, weil sie einen Gnuppel auf der Schulter hat. Sie fragt mich, ob ich sie begleiten könne, sie wüsste ja nicht, wie es ihr nach dem Arztbesuch gehen würde, ihr wäre es lieber, sie hätte jemanden an der Seite. Ich bekam auch gleich eine Einweisung: Ich solle mich ins Gespräch nicht einmischen so wie meine Vorgängerin, die wollte sich immer wichtig tun. Auf die Idee wäre ich auch gar nicht gekommen, hätte mich auch gar nicht getraut.

Also. Taxi sollte um 9.45 Uhr kommen, ich 5 Minuten früher. Alles klar, klingel, Frau Bindner lässt mich rein. Erzählt, sie wäre heute morgen gestürzt und hätte 1 ½ Stunden gelegen, bis eine

Nachbarin ihr half. War völlig durch den Wind und entsprechend gereizt. Ich sollte noch das Rollo im Wohnzimmer hochziehen, versuchte es, versuchte es nochmal, das Rollo blieb unten stecken, ich bekam es nicht mehr hoch.

„Was haben Sie mit meinem Rollo gemacht, das ging doch immer, Sie müssen nur nach unten rucken."

„Frau Bindner, es geht nicht."

„Dann ist es oben von der Rolle gerutscht, oh nein, was haben Sie gemacht? Holen Sie mal den Tritt ."

Ich ins Schlafzimmer, Tritt geholt. Wollte draufsteigen, „nein nun lassen Sie mal." Mir fiel ein Stein vom Herzen, vielleicht macht es ja ihr Therapeut, und ich bin aus der Sache raus. Es klingelt, der Taxifahrer ist da.

Frau Bindner: „Wer sind Sie denn ?"

„Na, Sie kennen mich doch", lacht der Taxifahrer. Ich lache aus Höflichkeit mit „Was lachen Sie denn so, Sie wissen doch genau, dass ich nichts sehen kann."

„Nun kommen Sie mal ins Wohnzimmer"- zum Taxifahrer- „das Rollo muss neu aufgerollt werden, das hat Frau Köberich kaputt gemacht." Der

Taxifahrer steigt auf die Leiter „Sie müssen die Gardine nach links schieben." Der Taxifahrer weist darauf hin, dass er so ran käme. Frau Bindner: „Zur Seite". Der Taxifahrer gehorcht. Wir nehmen das Rollo ab, rollen es auf: Erledigt. Ab zum Arzt. Der Taxifahrer hilft Frau Bindner ins Auto unter Anweisungen: „Aufpassen, junger Mann." Der Taxifahrer lädt den Rollstuhl in den Kofferraum. „Sie ist schon schwierig", sage ich. „Ja", bestätigt der Taxifahrer, „aber wir kennen sie ja nicht anders." Ein Glück, also ist sie nicht nur zu mir so.

Ich schiebe Frau Bindner in die Praxis, wieder unter Kommentaren wie Vorsicht, weiter, weiter.

Rezeption: „Was haben Sie denn für Beschwerden?" fragt die Arzthelferin freundlich.

„ Na, hören Sie mal, mir tut seit 40 Jahren alles weh, was soll ich denn jetzt für Beschwerden haben. Der Arzt weiß schon, was ich habe."

Den Rollstuhl ins Wartezimmer geschoben, proppevoll. Vorne sind noch 2 Plätze frei. Will Frau Bindner in die Ecke schieben, sie dreht gegenan. „Nein, lassen Sie doch mal, weg weg."

Schiebt sich selbst in Ecke, da steht aber noch ein Stuhl drin. Noch haben die anderen Patienten Mitleid, einer nimmt den Stuhl weg, Frau Bindner parkt ein. Ich setze mich außen neben sie.

„Ja, wir wollten doch….." Ich krame die Fernsehzeitung aus der Tasche, nehme einen Stift und beginne. Alle gucken hoch, als ich anfange.

„Samstag", schreie ich fast, weil sie ja schlecht hört. Einige schrecken zusammen. Nützt ja nichts.

Samstag nachmittag Alpha-Team 14 Uhr, angekreuzt. Abends gibt es einen Film auf dem 1., Wetten dass auf dem 2. mit Gottschalk. Frau Bindner winkt fast verächtlich ab und schüttelt den Kopf. Also Film auf 1., Wetten dass wird durchgestrichen.

So geht es die ganze Woche durch. Alle kennen nun das Fernsehprogramm. Endlich Freitag. Puh, geschafft, Fernsehzeitung beiseite, jetzt Ruhe. Lehne mich entspannt zurück, so lässt sich Geld leicht verdienen.

Aber Frau Bindner will sich unterhalten „Was macht Ihr Mann denn jetzt beruflich?"

„Der ist im Verkauf tätig bei Firma Laukien."

„Was verkaufen die denn?"

Mist, was genau denn, mir fällt das Wort nicht ein, Dächer reicht nicht, Frau Bindner will es immer genau wissen. Kunststoff fällt mir nicht ein, aber

Blech ist ja fast dasselbe, also "die verkaufen Blechdächer."

„Blechdächer?" Frau Bindners ungläubige Nachfrage.

Ruhe, geschafft, wieder Entspannung. Jetzt weiß sie alles.

„Blechdächer?" reißt es mich wieder aus meinen Gedanken. „Wozu braucht man denn heute noch Blechdächer? Das wird doch viel zu heiß darunter."

Überlegen, schnell überlegen.

„Na ja, die alten Scheunen auf Bauernhöfen usw. werden damit gemacht, aber ganz genau weiß ich es auch nicht, mein Mann ist ja auch erst 2 Wochen da" muss ich zugeben.

Pause.

„Also, ich habe mich immer dafür interessiert, was mein Mann macht."

Ich werde rot, die Leute gucken schon und grinsen. Das Mitleid für Frau Bindner schwindet langsam.

Na ja, das Thema ist ja jetzt erledigt- Entspannung.

„Blechdächer?" tönt es wieder neben mir „da haben die wohl im Moment nicht viel zu tun, jetzt im

Winter, warum haben die denn Ihren Mann jetzt eingestellt?"

Die Frau auf der anderen Seite neben Frau Bindner guckt mich hinter deren Rücken mitleidig an und flüstert ihrem Mann etwas zu.

Hatte ich schon erwähnt, dass Frau Bindner schwerhörig ist? Aber das Flüstern hatte sie gehört.

„Was hat sie gesagt?"- Frage an mich. Ich stottere, weiß nicht was ich antworten soll, die Frau hatte sich ja lustig gemacht.

Frau Bindner dreht sich zur Frau um, drohend: „Was haben Sie gesagt?"

Ich eingeschüchtert, doch die Frau bleibt cool, guckt auf Ihre Uhr und erklärt: „Ich habe nur gesagt, hoffentlich dauert es nicht mehr so lange, ist ja schon 11 Uhr."

Weiter drohend: „Also, hören Sie mal, was hat das denn jetzt damit zu tun? Wir unterhalten uns hier über Blechdächer."

Alle grinsen, spätestens jetzt hat sich das Mitleid der anderen Patienten für Frau Bindner völlig erledigt. Vielmehr, es springt auf mich über. Auch ich muss mir jetzt ein Lachen verkneifen. Bloß nicht; das bekommt sie mit.

Zum Glück kommt ein neuer Patient ins Wartezimmer, und grüßt .

„ Hat er guten Tag gesagt?" „Ja hat er."

„Also ich habe nichts gehört. Dass die Leute nicht anständig laut grüßen können."

Wir werden aufgerufen. Ich fahre den Rollstuhl ins Arztzimmer, wir müssen noch warten. Der Arzt kommt, Frau Bindner erklärt ihr Leiden. Er untersucht den Gnuppel, es ist eine Entzündung der Schulter.

„ Also, ich bin jetzt 90 Jahre alt, aber so etwas hatte ich noch nie".

„Na ja einmal ist immer das 1. Mal", lacht der Arzt.

Das war es auch für mich, das 1. Mal mit Frau Bindner beim Arzt.

Übrigens, das Rollo funktionierte trotz der Bemühungen des Taxifahrers und mir nicht. "Wer soll mir das reparieren, ich habe ja niemanden und ich brauche das Rollo."

Aus lauter Mitleid und auch ein bisschen Schuldgefühl habe ich meinen Mann und einen Bekannten hingeschickt. Die kamen aber unverrichteter Dinge wieder. Ein Nippel war aus Altersgründen abgebrochen, nicht zu reparieren.

Das konnten sie Frau Bindner aber nicht klarmachen. Mussten sich wohl einiges anhören: "Kann gar nicht sein, das muss funktionieren, Sie sind technisch unbegabt. Ging doch immer, so was ist noch nie passiert."

Ja, nee klar, seit 40 Jahren mit demselben Rollo das 1. Mal.

Einmal ist immer das 1. Mal.

P.S. Mein Mann will dort nicht wieder hin.

Smartphone

Wir kommen in die Jahre, das ist jetzt klar. Obwohl gerade um die 50 saßen wir wie ein altes Ehepaar am Küchentisch, um unsere neuen Smartphones auszuprobieren. Die letzten 15 Jahre hatten es die alten Handys getan, die nun aber langsam den Geist aufgaben. Also wurden auch wir modern.

Erfolgreich hatte ich bereits das W-Lan eingerichtet. Das hatte ich mir aus dem Handbuch herausgesucht, das natürlich heutzutage nicht einfach beiliegt, nein man muss es im Internet suchen.

Die anderen Anleitungen hatte ich erstmal beiseite gelassen, weil ich sowieso nicht wusste, was das alles überhaupt sein sollte.

Außerdem sollte die Hauptaufgabe der Smartphones auch weiterhin das Telefonieren sein.

Also saßen wir nun hier. Mein Mann ist technisch etwas unbegabt, und wird bei solchen Dingen leicht nervös.

„Du, ich ruf dich mal an", schlug ich vor, „dann hören wir auch die Klingeltöne und die Lautstärke."

Gesagt, getan, tatsächlich ging der Ruf raus. Nach dem ersten Klingelton sah ich meinen Mann wie wild auf dem Bildschirm herumdrücken (nein ...touchen, muss ich ja jetzt sagen), dann hielt er das Handy ans Ohr, um laut hallo zu rufen (ich muss nochmals erwähnen, dass ich genau daneben saß). Das ganze immer so lange, bis der nächste Klingelton ertönte, also Smartphone wieder runter, touchen, Hörer ans Ohr, Hallo usw. Irgendwann legte ich auf, und forderte ihn auf, nun mal mich anzurufen. So schwer konnte das Abnehmen doch nicht sein. Mein Klingelton war klasse, siegessicher touchte ich auf den grünen Hörer, nichts. Immerhin unterließ ich das Prozedere mit dem Smartphone ans Ohr, hallo rufen und wieder touchen. Langsam ging auch der schöne Klingelton auf die Nerven, aber ich konnte touchen und touchen, es passierte nichts.

Langsam verlor mein Mann die Geduld. Panisch touchte er wieder auf dem Display herum, was mit Sätzen wie So ein Mist, was macht es denn jetzt, das wollte ich doch gar nicht, ich will mein altes Handy zurück, ich will doch nur telefonieren, unterlegt wurde.

Es reichte. Ich rief unsere Nichte an, die genau in dem richtigen Alter für so etwas ist.

„Du, wir probieren gerade unsere neuen Smartphones (ich musste mich beherrschen nicht wie bisher einfach Handys zu sagen) und jetzt können wir, wenn wir angerufen werden, den Hörer nicht abnehmen."

„Aber angekriegt habt ihr sie?" kam zurück. Ein bisschen frech wie ich fand, aber recht hatte sie ja.

Na ja, meine Nichte erklärte uns dann, dass man bei Smartphones zu Abnehmen des Hörers nicht einfach touchen, sondern darüber streichen muss. Nach ein paar Mal üben hat das dann auch geklappt.

Ein modernes Märchen

Auch diese Geschichte hat sich genau so zugetragen, und Sie können es sich denken: Ich bin die Liebe Tante

Es war einmal eine gute Mutter. Und die hatte einen Mann und zwei Töchter. Und diese Mutter konnte nichts wegwerfen, weil sie immer an schlechte Zeiten dachte, die noch kommen könnten. Also bewahrte sie alles auf dem Dachboden auf. Doch irgendwann war der Dachboden so voll, dass niemand mehr dort hinauf kam. Deshalb beschloss die gute Mutter, wenigstens die gebrauchten Schuhe wegzuräumen. Und sie fragte ihre Schwester, die liebe Tante, ob diese die Schuhe in ihrer Gartenbude aufbewahren könne, bis die jüngere Tochter sie dann irgendwann auf dem Flohmarkt verkaufen würde. Und da es eine liebe Tante war, sagte diese natürlich ja. Also machten sich die ältere Tochter und die gute Mutter daran, die vielen Schuhe vom Dachboden zu holen, was eine ganz schöne Arbeit war, denn es waren ganz viele Schuhe. Und dann machten sie sich daran, die vielen Schuhe in ganz viele Wäschekörbe zu packen. Diese luden sie dann auf einen großen Anhänger und fuhren zu der lieben Tante. Diese hatte den lieben Onkel schon darauf vorbereitet, dass in der sowieso schon vollen Gartenbude nun noch ganz viele Schuhe lagern würden. Mühsam entluden die gute Mutter, die ältere Tochter, der liebe Onkel und die liebe Tante die vielen

Wäschekörbe vom Anhänger und brachten sie in die Gartenbude. Die war nun so voll, dass der liebe Onkel und die liebe Tante beschlossen, sie aufzuräumen. Sie sammelten überall Kartons und machte sich dann daran, die vielen Schuhe in die vielen Kartons zu packen. Einen ganzen Nachmittag sortierten sie die unzähligen Schuhe nach Größen geordnet in die vielen Kartons und beschrifteten diese, um es der jüngeren Nichte leichter zu machen, wenn diese auf den Flohmarkt ging.

Doch irgendwann rief die gute Mutter an, und meinte, man könne die Schuhe doch den Flüchtlingen spenden, weil diese sie sicher gut gebrauchen könnten. Das rief ein wenig Empörung beim lieben Onkel hervor, Schließlich hatten er und die liebe Tante die vielen Schuhe im Schweiße ihrer Angesichter für die jüngere Tochter sortiert und nun sollten sie einfach so weggegeben werden. Aber da es ein lieber Onkel war, räumte er sogar noch die vielen Kartons nach vorne um, damit man leichter heran kam, wenn sie wieder auf den großen Anhänger geladen würden.

Dann begab es sich, dass eine liebe alte Nachbarin zu der lieben Tante kam. Und diese Nachbarin erzählte, dass sie neue Schuhe bräuchte. Da fielen der lieben Tante die vielen Schuhe in ihrer Gartenbude ein, und die beiden begaben sich dorthin. Voller Geduld suchte die liebe Tante die passenden Schuhe aus den vielen Kartons hervor und die liebe alte Nachbarin fand 4 Paar gute

Schuhe und freute sich. Und sie fragte die liebe Tante, was diese denn dafür bekäme. Aber da es eine ehrliche liebe Tante war, sagte sie, dass sie nichts dafür haben wolle, da die Schuhe ja sowieso gespendet werden sollten. Und sie fügte noch hinzu, dass zunächst ja geplant gewesen war, dass die jüngere Tochter die Schuhe auf dem Flohmarkt hatte verkaufen wollen, aber dass man sich jetzt anders entschlossen hätte.

Zwei Tage später rief die liebe alte Nachbarin bei der lieben Tante an, und sagte: „Gib der jüngeren Tochter mal 50 € von mir für die Schuhe". Und als die liebe Tante nun kurz erwähnte, dass die jüngere Tochter bis jetzt ja noch gar nichts getan habe, lachte die liebe alte Nachbarin nur und sagte: „Aber sie **wollte** sie ja auf dem Flohmarkt verkaufen."

Also blieb der lieben Tante nichts anderes übrig, als der jüngeren Tochter, die die Schuhe ja nie noch nicht mal angefasst hatte, 50 € zu überbringen.

Und alle anderen, die die Schuhe mühevoll gesammelt, vom Dachboden geholt, in Wäschekörbe gepackt, auf den Anhänger und wieder herunter geladen und stundenlang in Kartons sortiert hatten, gingen leer aus.

Aber alle freuten sich mit der jüngeren Tochter: der „Lea im Glück".

Und die Moral von der Geschicht:

Auch das Nichtstun wird im Leben manchmal belohnt.

Besuch von Oma

Diese Begebenheit ist schon ein paar Jahre her. Meine Oma und ihre Schwester Tante Anna sind mittlerweile im hohen Alter verstorben. Die beiden waren im gewissen Sinne schon Respektspersonen. Hochachtung, wie die aus Pommern stammenden alten Damen mit über 90 Jahren noch beide zusammen allein Haus und Garten versorgten. Ihr Leben lang hart gearbeitet wurde auch jetzt noch jegliche Ernte zu Marmeladen verarbeitet oder eingemacht, Holz für den alten Herd in der Küche gehackt und Enten und Hühner wollten auch versorgt werden. Zu all den guten Erinnerungen gehört auch folgende Geschichte.

Große Aufregung im Hause Köberich. Oma und Tante Anna haben sich zu Besuch angesagt. Da die beiden ungefähr zwei Autostunden entfernt lebten und sich von meiner Tante und Mann fahren lassen mussten, waren Besuche selten.

Aber nun sollte unser neugebautes Haus begutachtet werden. Mit der Besichtigung war dann auch gleich Besuch bei meiner Schwester und Familie sowie meinen Eltern verbunden, die jeweils nochmal eine halbe Stunde entfernt leben.

Wir waren die erste Station zum Frühstück. Das Haus wurde schon mal für gut befunden, besonders der aufgeräumte Hauswirtschaftsraum machte Eindruck. Frisch gestärkt machten wir uns nach dem Frühstück auf Besichtigungstour in den Garten. Allerdings konnte man es noch nicht wirklich Garten nennen, denn es war bisher wenig angelegt. Aber das bisschen kam gut an. Doch dann passierte es. Tante Anna entdeckte den vor dem Gartenhaus abgestellten Spaten, den wir zuletzt zum Umgraben in unserem lehmigen Boden benutzt hatten und der dementsprechend aussah. Der musste nun natürlich Tante Anna sofort ins Auge fallen. Kopfschüttelnd nahm sie den Spaten in die Hand, drehte ihn hin und her und murmelte nur etwas, wie man Werkzeug nur so behandeln könne, einfach so dreckig wegstellen. Sie kam gar nicht darüber weg.

Die Gruppe machte sich auf den Weg zu meinen Eltern zum Mittagessen und ließ uns ein wenig bedrippelt zurück ob der Kritik an der Pflege unserer Werkzeuge. Bei meiner Schwester sollte später Kaffee getrunken werden. Von dort kam dann auch der Anruf, wie es bei uns gelaufen sei. Hätte ich meiner Schwester mal nicht erzählt, wie entsetzt Tante Anna über unseren Spaten war. Brühwarm erzählte sie dies ihrem Mann, unserem Schwager, der uns daraufhin ganz hinterhältig in den Rücken fiel. Er eilte hinaus, putzte und polierte seinen Spaten mit Öl und stellte ihn mitten auf den Hofplatz. Das fand meine Schwester aber nun zu gemein und auffällig und versteckte ihn hinter der

Schuppenwand. Aber Tante Anna musste wohl einen besonderen Blick für Spaten haben. Denn das erste, was sie bei ihrem Rundgang entdeckte, war der frisch geputzte glänzende Spaten in seinem Versteck. Sie kommentierte dies nur mit den Worten: „So sieht ein anständiger Spaten aus".

Ganz zu Ende ist die Geschichte aber noch nicht, denn Jahre später, nachdem mein Schwager das oben geschilderte gelesen hatte, bekam ich eine e-mail von ihm.

Carsten: „Hihi....putzen und polieren ist gut.....ich war mit dem Bandschleifer dabei, den Rost runter zu schleifen

Ich: Hat Torsten auch behauptet, aber das habe ich nicht geglaubt. Ist ja noch fieser

Carsten: Doch, doch, das weiß ich noch wie heute. Ein ganzes Schleifband habe ich dafür vergeigt, der Spaten war vorher ein einziger Rostklumpen

Was sagt man nun dazu?

Zum Abschluss die Geschichte, wie mein Mann Torsten überhaupt zu seinem „Trimmfahrrad" gekommen ist.

„Trimmfahrrad" Teil 1

Er hat sich ein Fahrrad gewünscht, so ein richtiges Trimmfahrrad- im Angebot bei Aldi.

Tagelang hatte ich überlegt, ist ja ein Haufen Geld, aber es würde zu Fitness verhelfen, also Gesundheit und außerdem ist es der 50.Geburtstag. Also etwas Besonderes.

Am Vorabend vor dem Angebot also Wecker früher gestellt, man weiß ja, wie schnell die Sachen bei Aldi vergriffen sind. Nächsten Morgen, ach so früh, aber es ist ja für Torsten's 50. Nochmals Prospekt angeguckt, gute Ausstattung, alles dabei, aber 47 kg. Überlegt, Paket auf Rücksitz müsste klappen, ist ja bestimmt zerlegt. Aber wohin dann? Werkstatt oder Gartenbude scheiden aus, 1. Wegen Tragen des Paketes, außerdem könnte Torsten es entdecken, soll doch eine Überraschung sein. Nachbarin Gerdas Holzschuppen, aber langer, holpriger Weg mit dem schweren Paket, und dann mit Gerda. Ist ja auch schon älter und nicht gerade kräftig. Ganz nach Neustadt zu meiner Schwester bringen? Dann könnten es die Neustädter ja gleich selbst bei Aldi holen. Ist jetzt aber zu spät. Alles blöd, aber rettende Idee- Nachbarin Rieke hat die Garage frei und eine ebene Auffahrt direkt zum

Ranfahren. Ja, das ist es. Aber jetzt um kurz vor 8 Uhr anrufen wäre doof. Sie hat Urlaub, und man weiß nicht, wie lange sie schläft. Also erstmal Paket im Auto lagern, im Laufe des Tages herüberbringen. Könnte klappen.

Also, kurz vor 8 Uhr los und siehe da, vor Aldi stehen schon mindestens 10 Leute sprungbereit. Erstmal darauf geachtet, was für Einkaufswagen, aber alles die normalen, bis auf einen mit Getränkewagen. Ah, der könnte mir gefährlich werden. So ein Wagen, der will was Schwereres kaufen. Ich also auch Getränkewagen geholt, Mist, Aldi ist schon aufgeschlossen, alle schon drin, drängel mich noch schnell vor anderen Neuankömmlingen herein. Wo sind die Fahrräder, vielleicht werden sie direkt an der Kasse verkauft, ist oft so mit Elektroartikeln. Na ja, lassen wir`s darauf ankommen, erstmal hinten gucken. Alles im Griff und ach, keiner interessiert sich für die Fahrräder, alle sind in anderen Sachen am Wühlen. Schneller Überblick. Tatsächlich nur 5 Fahrräder da. 4 riesige Pakete, eines oben drauf. Wie runterkriegen? Verkäuferin gefragt, ja ich helfe gleich. Erklärungsversuche, Ding wiegt 50 kg. 15 kg? steht doch drauf. Na ja, irgendwie lassen wir Ding auf Wagen fallen. Puh, geschafft, Fahrrad ergattert. Stolz zur Kasse, zwischendurch gesehen, steht wirklich 15 kg drauf, aber nur deshalb um zu warnen- Artikel wiegt **über** 15 kg, bitte mit 2 Personen anfassen.

Bezahlt, aber wie Ding ins Auto bekommen ? An Kasse gefragt, ob irgendwo männlicher Mitarbeiter, meist ist ja auch Chef da. Nein, noch nicht, aber fragen Sie doch draußen irgendeinen Mann, der geflüsterte Rat. Ja, danke.

Ah, rettende Idee, vielleicht Mitarbeiter aus Getränkeshop. Ist ja so früh noch nichts los, und die sind immer so nett. Wagen rausgefahren zum Auto, das steht zwischen zwei anderen in Parklücke. Kriege ich so nie auf den Rücksitz. Also, Wagen abgestellt, ins Auto und auf Parkplatz für Eltern mit Kindern umgefahren. Hoffentlich klaut niemand den Wagen, habe aber alles im Blick. Blick auf Rücksitz, da kriege ich das Ding nie rein, also umklappen. Kiste aus Kofferraum auf Vordersitz, Rückbänke umklappen. Wagen vor Kofferraum fahren, Blick in Getränkemarkt. Welcher von den Männern ist heute da? Kein Mann zu sehen, keiner von den netten, die sonst **immer** da sind. Hinter der Kasse stehen zwei Verkäufer**innen**. Erledigt, abgehakt.

Na klasse, es ist grau, nieselig. Aldi-Verkäuferin hatte geraten, Mann draußen zu fragen. Wäre kein Problem- aber man bekommt sonst nie einen Parkplatz direkt vor Aldi, heute ist alles frei, und die, die kommen sind ausnahmslos Frauen.

Vielleicht kann ich das Ding allein in Kofferraum schieben. Angesetzt, aber- Breite passt nicht, Paket zu gross. Vielleicht anders herum, aber irgendwie sieht es quadratisch aus, oder täuscht das? Probiert, das Ding umzudrehen, geht schon gar nicht. Na ja, also muss ich das Paket irgendwo unterstellen und mit Anhänger wiederkommen. Nein, geht ja auch nicht, wie soll ich Torsten klarmachen, dass ich sein Auto mit Anhängerkupplung brauche, soll doch eine Überraschung sein. Also Ding abstellen und im Laufe des Tages Rieke oder Frauke bitten, mit Kombi Ding abzuholen. Aber wo abstellen, bei Aldi selbst, Getränkemarkt mit 2 fremden Verkäuferinnen?

Da stellt sich ein Auto auf den Behindertenparkplatz, sieht nicht gerade behindert aus, ärgert mich sonst immer, heute egal, habe eigene Probleme, wohin mit dem Ding?

Mann steigt aus, bestimmt schon über 60, sieht aber gut und nett aus. Elegant gekleidet mit Schal. „Kann ich helfen, das Paket ins Auto zu bekommen?" Ich staune, **der** fragt? Ja, nur das Problem ist nicht die Schwere, das Paket passt gar nicht in mein Auto. „Wo wohnen Sie denn, vielleicht ist mein Auto ein bisschen breiter." Also, ich wohne in Quisdorf. „Ja kenne ich, fahren Sie den Wagen schon mal vor meinen Kofferraum. Komme gleich.". Jetzt gucke ich skeptisch, glaube nicht, dass sein Auto breiter ist, fahre aber trotzdem vor. Mann holt nur Zeitung aus Getränkeshop. Ich wiederhole meine Skepsis, glaube nicht dass es passt. Mann holt Zollstock aus Auto, misst mehrmals Paket von allen Seiten, dann Kofferraum. Paket 98 cm, Kofferraum an breitester Stelle 1, 02 m. Glaube trotzdem nicht, dass es passt. Mann ist optimistisch, lädt Kiste aus Kofferraum auf Vordersitz, legt Rücksitze um. Wir schieben Paket in Kofferraum, passt nicht „Ich habe hier noch etwas Platz", also ein wenig zu ihm rüberschieben. Geht rein, aber Klappe geht nicht zu. Macht nichts für das kurze Stück. Oh, völlig fertig „ Aber das kann ich doch gar nicht verlangen, dass Sie mir das Paket fahren." „ Nein, verlangen können sie es nicht, aber ich mache es."

„Wollte schon immer so ein Fahrrad haben", lacht Mann. Selbe Idee war mir auch schon gekommen. Nachher haut er mit Paket einfach ab. Bin aber schon so fertig, kann mir ja Nummernschild merken. Habe ich vor lauter Aufregung dann doch nicht gemacht. Lache nur, ich vertraue Ihnen heute vollkommen. So fahren Sie man vor, ich folge. Er fährt schon aus Parklücke und wartet mit laufendem Motor. Ich renne zu meinem Auto, fische in Tasche nach Autoschlüssel. Scheiße, der Schlüssel, den man zum Batterietauschen nie aufbekommt, hat sich gelöst. Versuche trotzdem, zu starten, Mann soll nicht so lange warten müssen. Geht nicht, Schlüssel geht wegen hängendem Teil nicht ganz ins Schloss. Versuche mit zittrigen Händen, beide Teile zusammenzudrücken, schnell, Mann soll ja nicht so lange warten. Geht nicht, bin zu nervös, also muss ich Mann mitteilen, dass Schlüssel kaputt. Mann steht immer noch mit laufendem Motor und wartet. Ist aber verständnisvoll und versucht mit aller Ruhe, Schlüssel zu reparieren, dauert zwar, aber er schafft es. Also neuer Versuch, Auto startet, er hinterher. Hinter Ortsausgang gebe ich Gas, er kommt nicht hinterher. Werde langsamer, will er doch abhauen? Nein, da kommt er, stimmt ja, hat ja offene Kofferraumklappe. Werde auch langsamer. Jetzt überlegen, wohin mit dem Paket. Ach egal, gleich zu Rieke, kann ja nicht Paket zu Hause abladen und dann noch mal wieder zu Rieke transportieren. Also, abbiegen auf Riekes Grundstück, Parken. Er steigt aus, wo soll Paket hin? Muss nun beichten, dass nicht mein Grundstück, sondern Nachbarin, damit mein Gatte nichts mitbekommt, weil ja für 50. Geburtstag. Aber- Nachbarin weiß noch nichts davon. Können Paket ja erstmal vor Garage abstellen. Er wird skeptisch, „sieht aber nach Regen aus, suppt dann durch. Fragen Sie doch Ihre Nachbarin, so viel Zeit habe ich noch."

Ja wirklich? Und renne schon los um die Ecke, um zu klingeln. Hoffentlich ist Rieke nicht böse wegen des Überfalls. Auf der anderen Seite, netter Mann, vielleicht soll das Schicksal sein, und beide verlieben sich auf den ersten Blick.

Klingel, aber Gedanke von eben erübrigt sich sofort, als Rieke die Tür öffnet: Schlafanzug, verschlafene wirre Haare. Dagegen der elegant gekleidete Herr mit dem schicken Schal? Erledigt, abgehakt, das Schicksal hat es nur gut mit **mir** gemeint. Erkläre Rieke Situation, kein Problem, können wir in Garage stellen, öffne gleich von innen. Ich wieder zurück um Ecke, Garagentor hat sich bereits geöffnet, Riekes Mutter steht fremdem

Mann entsetzt gegenüber. Er setzt zu Erklärung an, komme gerade noch rechtzeitig, um Situation aufzuklären. Mutter geht, Rieke kommt- im Schlafanzug mit wirren Haaren. Hund Trixie kommt auch, will Mann begrüßen, springt hoch, an seinem schicken Anzug. Mann bleibt freundlich. Rieke erklärt uns, wo wir Paket hinstellen sollen. Mann und ich wuchten Paket hoch, Rieke vorweg zum Türe öffnen- im Schlafanzug mit wirren Haaren. Wir stellen Paket ab, er verabschiedet sich mit Handschlag, ich sage, es gibt wirklich noch gute Menschen, das macht nicht jeder, Sie sind ein Engel, tausend Dank. Er steigt ins Auto, Trixie will ihn auch verabschieden, rennt hinters Auto. Rieke Panik, Mann kann Trixie nicht sehen, also Rieke hinter Trixie her- im Schlafanzug mit wirren Haaren. Mann fährt, winkt und wünscht eine schöne Geburtstagsfeier.

Das „Trimmfahrrad" Teil 2

Aber die Geschichte ist noch nicht zu Ende. Es hatte nun doch einige Zeit gedauert, bis mein Mann das Fahrrad zusammen gebaut hatte, aber schließlich stand es. Ein paar Tage später fand ich mich bei Aldi wieder- umringt von bestimmt 20 Trimmfahrrädern, die im Laden verteilt waren. Sonderverkauf stand da ganz groß- und die Fahrräder waren um 150 € heruntergesetzt. Ich konnte es kaum glauben, nach all dem Stress, den ich mir gemacht hatte. Aber das wollte ich natürlich so nicht auf mir sitzen lassen. Mir kam eine Idee. Ich würde das Fahrrad zurückgeben, mir den alten Kaufpreis auszahlen lassen und dann ein neues Fahrrad zum reduzierten Preis kaufen. Gesagt, getan. Und schon hatte ich den Filialleiter angesprochen, ob ich das alte Fahrrad zurückgeben könnte. Das wäre kein Problem, meinte er, wenn ich den Kassenzettel noch hätte. Dann würde er mir das Geld auszahlen und einen neuen Bon mit dem reduzierten Kaufpreis ausstellen. Ich sollte dann ihn wieder ansprechen. Na, schneller konnte man 150 € doch nicht verdienen.Sofort eilte ich nach Hause, holte den Kassenzettel und zeigte ihn dem Filialleiter vor. Doch plötzlich hatten ihn Zweifel überkommen. Wegen einer Nummer, die ich allerdings nirgendwo auf dem Beleg fand, müsste ich doch das alte

Fahrrad direkt zurückgeben, um dann ein neues mitzunehmen. Ärgerlich, aber auch das, es ging schließlich um 150 €. Also wieder nach Hause. Doch schon beim Auseinanderbauern wurde mir klar, dass ich das Teil nicht allein ins Auto bekommen würde. Und außerdem, wie sich schon beim Kauf gezeigt hatte, es war zu klein. Ich rief einen Freund an. Zusammen bauten wir das eben erst montierte Fahrrad wieder auseinander, hatten einige Mühe, es in den mittlerweile verschlissenen Karton zu bekommen und wuchteten es ins Auto. Bei Aldi angekommen, packten wir es auf einen Getränkewagen und ich rollte damit zur Kasse. Unser Freund hatte mittlerweile schon ein neues Fahrrad auf den Wagen gepackt und wartete nun in der Schlange darauf, dass ich mit dem ausgezahlten Geld fürs alte Fahrrad kommen sollte. Schließlich handelte es sich ja nur noch um ein paar Formalitäten. An der Kasse wurde mir der Rückgabezettel vorgelegt, den ich genüsslich ausfüllte, immer die 150 € vor Augen. Torsten würde staunen, dass ich so schnell Geld verdient hatte. Doch dann: „Der Bon ist zu alt, wir haben nur 4 Wochen Rückgaberecht, der Bon ist älter, wir können das Teil nicht zurücknehmen."

Zunächst fiel ich in eine Art Schockstarre, unser Freund hatte mittlerweile schon einige andere Kunden vorgelassen, aber wartete noch immer in der Schlange. In mir fing es an zu brodeln. Schließlich hatte der Filialleiter den Kassenzettel zweimal in der Hand gehabt, und nun das. Angesprochen darauf, reagierte er nur mit einer kurzen Entschuldigung. Also half alles nichts. Das neue Fahrrad wurde zurück auf seinen Stapel gelegt, das alte Teil zurück ins Auto gewuchtet (mittlerweile fiel der Karton schon fast ganz auseinander), um es zu Hause wieder ins Wohnzimmer zu schleppen. Torsten würde sich freuen, das Teil noch einmal zusammenbauen zu dürfen.

Selbst ein paar Tage später war ich noch sauer und beschloss, mich beim dem Regionalleiter über die ganze Geschichte zu beschweren. Dieser hörte sich alles an, meinte aber, er könne auch nichts tun, außer mir zur Entschädigung vielleicht ein Paket Kaffee zu überreichen. So ist aus 150 € und einer Menge Ärger und Arbeit ein Päckchen Kaffee übrig geblieben.

Damals war mir nicht unbedingt zum Lachen zumute, aber mittlerweile kann auch ich darüber schmunzeln. Das sind einfach die Geschichten, die das Leben schreibt.